"深扎"文丛

NINGSHI

凝视

蓝蓝　著

河南大学出版社
HENAN UNIVERSITY PRESS
·郑州·

图书在版编目(CIP)数据

凝视/蓝蓝著.—郑州:河南大学出版社,2018.7
(“深扎”文丛)
ISBN 978-7-5649-3416-3

Ⅰ.①凝… Ⅱ.①蓝… Ⅲ.①抒情诗—诗集—中国—当代 Ⅳ.①I227

中国版本图书馆 CIP 数据核字(2018)第 172006 号

总 策 划 侯若愚
责任编辑 侯若愚 时 娇
责任校对 任湘蕊
封面设计 侯一言
出版发行 河南大学出版社
地址:郑州市郑东新区商务外环中华大厦 2401 号 邮编:450046
电话:0371-86059701(营销部) 网址:www.hupress.com
印 刷 河南瑞之光印刷股份有限公司
版 次 2018 年 11 月第 1 版 **印 次** 2018 年 11 月第 1 次印刷
开 本 889mm×1194mm 1/32 **印 张** 4
字 数 111 千字 **定 价** 20.00 元

目　录

夏　　夜

那些梧桐叶！
将属于一张脸的月光偷去
但它漏下了星星
屋角蟋蟀的叫声
我爱那双拿着诗稿的手
沾满草香和湿润的夜露
我爱在麦地里迅速写下的短诗
风媒花　虫媒花
结亲和恋爱的世界上
寄到人间的情书

沉　默

五月的麦田已收割了一半。
在关虎屯，大道上摊着麦秸
有什么能够持久？
我和初恋一样的春天
已不能深情地对看
而包裹它们的麦壳
也被风吹远。

没有我们……

没有我们　那个月夜还会存在
还会孤独地在远方
当我们死去
被月光照亮的
年轻、幸福的脸
还会微笑　低语
在它安静的天堂：

人的骨骼不能承担
任何一片落叶的重量。

拥有很少东西的人

螽斯和蟋蟀
绿衣歌手和黑袍牧师
在夏夜的豌豆丛中
耳语，小声呢哝。
“这些——”，一个人侧耳谛听，
“宁静的泉水多么温柔地填平了
我那悲惨命运的深坑——”

忧　　郁

一只接雨的灰瓦盆
被押往深夜。
滴答,滴答。
水珠轻轻敲响丧钟
浅绿,透明。
瓦盆走着,一刻不停。

草　原

草原，是什么？

——那天我唱起东蒙长调
在办公室！我唱——
独自，放肆。
有人猜想：
“你有个蒙古情人。”
我摇头又点头——
大草原茫茫的花香啊
见过它的人都会说：
　　这是真的。

柿　　树

下午。郑州商业区喧闹的大道。
汽车。人流。排长队人们的争吵。
警察和小贩争着什么。
电影院的栏杆旁
——亲爱的,这儿有棵柿树
有五颗微红的果实。
灰色的天空和人群头顶
五颗红柿子在树枝上——
亲爱的,它是
这座城市的人性。

自　　语

“雨声”？还是“雨生”？
它们是你的名字？
夏天，石人山，落叶——
我怎么从来不知晓？

槐花开得多么急切
我寻找你的脚步迈得多么急切
为了这个，它刚刚长成
你果真有一双手？孤单的手？
——我为什么现在才知道？

多久没有看夜空了

星星。一颗。还有一颗。
每夜它等你。
等你看它一小会儿。

那时，你在灯下写：
满天的星光……
你脸红。你说谎话。

它在夜风中等你。
静静唱着灿烂的歌。

瞬　间

墙角的黑蟋蟀在叫。
我听见——这爱我的声音
在秋夜的寒冷和孤单里
……有一瞬间
我似乎就要学会它的嗓音
——多么嘹亮呵，它只有
一个瞬间
在漫漫无尽的长夜。

吻

一个人的诗歌
你无法在那里生活

但嘴唇离开那双
为你端水的手时
你看到一行湿亮的诗句
在手背上闪着生活
　　美妙的光芒

一　瞥

仿佛乡间的晨雾
远处淡紫色的
　　你肩胛上的光辉
因为太近——令人头晕的

香气弥漫：这暴露在世界暗处的
　　秘密一闪
它令人感激与此有关的
月夜、大街、菜市场的喧闹
以及所有生活中的烦恼。

五　　月

……亲爱的绿杨树，你来，
——还有你，躺倒的麦穗
请让我在你们身上
靠一会儿
从你们宽广的茎秆里
走出去——
阳光多么好，大地
　　多么慈祥
还有几只麻雀在麦场里
叫着——“古老的五月”
——它们会说拉丁语？

湖　　畔

大堆的篝火
烘托着旅游者的狂热
鼓点、叫声、汽水瓶
时尚的洪流滚动
直到更深夜静
人们四散而归　留下
一地垃圾
几点残存的火星

……世界慢慢露出
深夜里山岳的巨大黑影

九　行　诗

但是生活有时如
　　想象力的赝品
没有带来红玫瑰的未婚夫
引我到它栽满栅栏的边界
我看到了一无所有的
　　另一边——
大概，这悲伤
使我成了一个
怀着婴儿的寡妇

正　午

正午的蓝色阳光下
竖起一片槐树小小的阴影

土路上，老牛低头踩着碎步
金黄的夏天从胯间钻入麦丛

小和慢，比快还快
比完整更完整——

蝶翅在苜蓿地中一闪
微风使群山猛烈地晃动

黄　　昏

黄昏，我听到它秘密的窸窣。
——这里曾发生过什么？

一片年轻的树林走向夜晚
风拖长影子在枝干间滑过。
在它幽暗的深处
传来一棵草年迈的
　　叹息。

我轻轻停步——倾听
　　脚下的大地沉默无声。

内　营　力

但在今天我的地质学作业中
那片清晨的乡野
那隐藏着玉米、秋虫祝福的田垄
我们曾坐过的草地
已经上升——
　　在这颗人类居住的星球上
比珠穆朗玛高出一个
　　爱情的
　　　头顶。

朴　　素

“朴素的生活难以企及。”
朴素的生活过于昂贵
你须学会放弃
哦——那好笑的成功
　　野心！

朴素的富矿里
需要一把清贫的镢头

你　　说

你说要走——好吧，
这就是说：你已不在。

那么，我是谁？

时光是什么？
一棵树是什么？
山为何隆起，溪水为何流淌？
我所有的生活和对它的信念
　　是什么？

——我？我是谁？

生　活

激情揪住了我的衣领
——晕眩！我被腾空抛在词语那
香喷喷发酵的草垛中

那一切是多么不同！

即使今天，我已衰老
凑向记忆的微光中细心缝缀
　　每一截诗句
直到它们变得沉重——
安静——因为亲吻而在唇上
　　沉默的歌声

真　实　性

有时，话语比人大出许多
像汁液漫出树叶的边缘
像一场大雾
掩去了村庄　道路
从田野归来的人坐在灯下：

“麦地”——金黄的光芒
——一阵阵袭人的芳香！

壁　　虎

它并不相信谁。
也不比别的事物更坏。

当危险来临
它断掉身体的一部分。

它惊奇于没有疼痛的
遗忘——人类那又一次
新长出的尾巴。

一切的理由

我的唇最终要从人的关系那早年的
　　蜂巢深处被喂到一滴蜜。

不会是从花朵。
也不会是星空。

假如它们不像我的亲人
它们也不会像我。

睡梦，睡梦……

我松开的手把你握紧
关上门以便你的穿越。

我身体里的寂静
你早已得到。

我恐惧……在彼此的凝视里
变形　缩小。

短　句

已经晚了。在我
迷路之前。

我喜欢这个——
疯狂。这最安静的。

可以拖着你所经历的来爱我但恐惧于
　　用它认识我。

我将是你获得世界的一种方式：
每样事物都不同因而是
　　同一种。

一般定律

紧张在清晨的一个懒腰中。
在拖鞋、吃饭和聊天的
粉红战壕里。

其余的是疯狂。

你所知道最紧张的
已经松弛了。

我不爱外衣而爱肉体

我不爱外衣而爱肉体。
或者：我爱灵魂的棉布肩窝。
宁静于心脏突突的跳动。

二者我都要：光芒和火焰。
我的爱既温顺又傲慢。

但在这里：言词逃遁了，沿着
外衣和肉体。

语　　言

　　那是别人的。
当我的眼睛鼻子耳朵
不曾被它灼伤过
　　而伤口——
这一切:鼻子眼睛耳朵
正是由于伤口获得拯救

听——

　　听把倾听的人攫走——
它柔软有力的爪上长着无穷的舌头
　　林涛　雪沙沙打在窗户上
乐曲与声音的圣经:静——
　　听在每一声欢笑和呻吟那
有伤心之爱的呼救中——

恳　求

……请对我说：你还记得吗？
请再说一遍：——你记得吗？

我听着，听着你
——是的。是的！

我就是这样来的。作为一个人。

还有——你也是。以及
　你们。我们

玫 瑰

她是礼服。离开植物学或
修辞学的戏台后
也是。

洗碗布旁过于洁白的封面。

即便没有别的鲜花，她们
仍然是女王。

每一个都是。

被卑微加冕。

百　合

她昏了过去。

香气托起柔软的腰
慢慢把她放倒在沉醉里。

一群迷惘的蜜蜂
将它们做梦的刺
伸进花萼温柔的弯曲中。

我嫉妒你洁白的衬衣

……啊，我嫉妒你洁白的
衬衣，那幸福抖颤的纤维
我嫉妒棉花，种棉人粗糙多情的手
嫉妒透明的雨丝、雪花和大地……

直到它们弯向你——而
除非——肯定是
我与一场从你们认出我自己的
　　最深相遇。

草　　根

有一种美妙的达成甚至
不需要公开谈论。

有一天，当我注视着一棵大蓟的根
仿佛那无秩序的柔弱和茎梗里有着
建造一个天国花园所需要的
　　一切可能。

叶　芽

为什么不说到你呢？

——我赞美你。让我赞美你
就像赞美神灵。
你的到来轰鸣着最轻柔的力量
然后，坚冰融化。

其中的奇迹也可解释为每样事物中
无一例外蕴含着无边的宇宙。

寄　生　菌

废弃的矿山，积水的深坑。
你胸口早已熄灭的炉火。

它居然有过熊熊燃烧的时光
当我们还不懂得寒冷？

我解开衣扣，让太阳晾晒
这潮湿发霉的柴堆——

它原为一双手的烈焰准备，但现在
却可笑地生出了木耳。

悲　哀

不要朝我微笑吧：
我所有被称之为美德的东西都源于
　　它曾经触及过罪恶。

红　　柳

她跟我说着河流。地下滚滚的泉水。

而沙砾和碎石埋着她的沉默。
从那里她柔弱的头颅开出粉红色湿润的花来。

沙　枣　树

风修剪着灰绿的叶子。阳光把最明亮的颜色给她。
　　白昼的荣耀。

她不统治。也不羡慕。
她是她自己无须梦想的样子。
大地痛苦挤榨出的甜涩果实。

骆　驼　刺

沙漠造成真理的铅灰色
为了被她最小的勇气刺破。

退回沉默中的教养。在
旷日持久的干旱和疾风中她有着
对自身不公平命运的无言顺从。

仿佛在完美的幸福中。

梭梭柴

抓起大地。直至
把沙砾下的海提到半空中。
她倾泻，浇灌荒凉的风景以及

旅人过于容易干枯的眼睛
——带着折断绝望的力量。

维吾尔族女孩的名字

尊敬的毛拉，请给我的女儿起个吉祥的名字。

“热依罕”——紫罗兰；
“古丽苏如合”——玫瑰花；
或者“玛依莎”——那是青青的禾苗。

我更喜欢“阿伊”——美丽的月亮，
就像这小姑娘的脸庞；
可是如果要知道人活着的奥妙，
没有比“阿依仙”更好的了：

——“幸福生活。忍耐的。”

啊，向日葵……

啊，向日葵，你使太阳诞生
你金色的脸映出了恒星的面孔！

纤弱，短命
你推着天体滚动；

你矮小，执拗
你有信仰却没有舌头。

你用比人高的头颅生活
你光芒的话语运送着黑夜、白昼和

整个天空。

她看见了……

她看见了密集的星，整个天空的金色蜜蜂
遥远，涌动。无边无际。

在那群星后是深深的苍穹

站在高山之巅，孤单
透明而清凉，大地隆起把她推到峰顶

风不息地吹拂，四周突然变得美丽、寂静——
在一场痛哭之后

在老康德倏忽消失的身影之后。

秋分……

秋分后，半枝莲不会再开花
毛茸茸的红色梗茎将要结霜

她渴望赴死，在那没人看到的黑夜，因为
太阳曾被她热烈地照耀。

那些细小的种子找到了轨道

星星跟随它们的磁线弯进泥土下面的天空。

海　之　书

没有人读出眼泪。
云低垂，没有人读出哀号。

正如那被称之为生活的词，涌出潮水的诗行
星星的标点，浪花的题注。

他是一座大陆的沉静。
波浪永不休止地爱着岸，一次次
绝望地扑向沙滩——

呵，我尝过你的苦涩！

涛声一边赞美，一边洗干净
你眼眶里的靛蓝。

有一瞬间

有一瞬间，我停住手
没叠好的衣服像是跪着的人
脑后受了致命一击，慢慢倒下……

我愣神，
望着不知道什么地方：

墙角，幽暗的往事一圈圈织着
迷失于自身的蛛网。

诗人的工作

一整夜,铁匠铺里的火
呼呼燃烧着。

影子抡圆胳膊,把那人
一寸一寸砸进
铁砧的沉默。

厄运,或曰赞美

铁锤砸反了。
石膏头颅里滚出金子。

囚徒大声歌唱枷锁那
　　秘密的钥匙。

充　盈

我把自己挪开。为了让早晨进来。

把自己的虚无搬空
为了让世界进来。

作为一个写字的人,原谅我
把那么多的恶念赶出身体为了
　　腾出一个空壳
让一个人的灵魂进来。

给佩索阿

读到你的一首诗。
一首写坏的爱情诗。
把一首诗写坏：
它那样笨拙。结结巴巴。

这似乎是一首杰作的例外标准：
敏感，羞涩。
你的爱情比词语更大。

惊慌失措的大师把一首诗写坏。一个爱着的人
忘记了修辞和语法。

这似乎是杰出诗人的另一种标准。

我 知 道

我知道树叶如何瑟瑟发抖。

知道小麦如何拔节。我知道
种子在泥土下挣破厚壳就像
从女人的双腿间生出。

我看到过炊烟袅袅升起,在二郎庙的山脚
树林和庄稼迅速变换着颜色。
山谷的溪水从石滩上流走
淙淙潺潺,水声比夜更辽远。

这一切把我引向对你的无知的痛苦。
　　我知道。

失　去

一块橡皮的失去里有着
孩子令人羡慕的哭泣。

或者,叶子离开枝头。树摇晃着
鞭子的抽打下风抖开痛苦的宽度。

这一切我都不能做。

我的失去里有一双被砍掉的手
突然从墙壁里执拗地伸出——

消　失

消失。
比死亡远，比拥抱近。
我接受遗产，你所奖赏的：寂静。

你的赐予，我遵从。

在这横亘的安宁中我拥有
无限的时刻。广袤夜空中的群星。

金色的你的身体在闪烁，到处都是。
金色的你的嘴唇。金色的！

麦田把它逝去的韶光种植在
我命运的屋顶。

我的财富

我的财富顶端那失败的钻石
我最大一颗珍珠里最初的贫困。

我哆嗦的手脚，压扁的深夜
我那烧成白灰的一绺头发
以及浮现在冰冷唇上
　　温柔的微笑——

我呼吸，在人间不会停留太久
我爱，并为此终生受苦……

耐　　心

……直到烧破曙色的大火
点燃田野尽头一棵最小的矮树。

耐心拖着影子慢吞吞地走
黎明刨着四蹄恭敬地跟随其后。

反　抗

忍冬花开放,野草生长
风要吹拂,大地隆起成为群山
…………
这其中的殊死搏斗。

诗人啊！茫茫宇宙教会我这样理解：
当人们说起一切铁条和锁链——

永远里有……

永远里有几场雨。一阵阵微风；
永远里有无助的悲苦，黄昏落日时
　　茫然的愣神；

有苹果花在死者的墓地纷纷飘落；
有歌声，有万家灯火的凄凉；

有两株麦穗，一朵云

将它们放进你的蔚蓝。

从绝望开始

秋夜的虫鸣温暖我
它有一克重的幸福。

云层中的月光照耀着
它有巴掌大的爱抚。

树荫低垂,覆盖我,以它
一立方厘米暗中的拥抱。

一秒钟！傲慢的花岗岩朝我
挨近,说着秘密的火。

……而我坚持在人类的寒冷中
发抖。哆嗦。

还是青海湖

今天，我突然想到
那被大海遗忘在雪山和高原深处的海
那片孤零零的海
带着它的青稞、牦牛、鸥阵和鱼群
带着它的四十八条河流
仍然在距我头顶 3210 米的天空

奔走。奔走。奔走。

八 瓣 梅

洗白的裙子,丝绸的头巾
卷进心灵旋风的引力　　这纤弱的花朵!

在黑牦牛群的赞美中
开始发电的芬芳身体。

唯有外乡人带来寒冷。她的嘴唇
扬起了灰尘。

三天,塔尔寺的墙可以下雪了。

慢慢隆起的记忆高原
忽然抱紧一个女人的旋转。

在　路　上

墓地和遗址，拜访的路上
你知道你正走向它们。

众多的墓地和遗址，仿佛
你走了这么远的路就是为了
抵达它们。

这就是你成长的道路。
你不停地朝前迈步，向着墓地，还有
一个个遗址。

差　别

在这里
他们受苦，他们幸福
他们唱歌跳舞
诉说着他们的苦难和幸福。

苦难和幸福在舞蹈和音乐里常驻。

而在另一些地方，另一些人受苦
或者幸福
他们默不作声。
蹲在屋檐下叹息或者忍受。

一阵风吹过，掩埋了他们的尸骨。

悲　　伤

那么,脚会知道你的后门。
那么,眼会看到倒扣的碗。

你用耳朵唱。你用歌声哭。
你用死在其中的脸微笑。还在笑

多么美,九月正在枯萎的树。

天　黑　了

天黑了。高过树枝的鸟叫
落回在低处的巢中。

你的大女儿在刷碗。小女儿
收拾桌子。

幸福的路人看到了祝福
不幸的人却看到了悲苦——

温暖的光透出你家的窗户。

汉语之航

是锚,而不是鱼钩
沉系在溺水者的下颌骨上。

只有在那里,你听到牙齿森森的喘息
那些眼球发青的人
还没有死。

重　　逢

他们在星星上相遇
在所有夜晚。

在任何地方
水的波光里。

在蔷薇名字的小径深处。
在月夜的一扇门后。

有一次它叫呼吸，
另一次叫阳光的秒针。

他们在每一次飞走的鸟群中相遇。

那永远的告别中。

写

在一把椅子里每天的旅途
你的旅伴——灰尘的慢。
那么多日夜
是你沉重的轭具。

多美呀
有人赞叹着你手里的活计。
那件殓衣
被你睫毛上的泪认出。

记 事

那无济于事的痛苦
从微博巨大的漏勺里
慢慢滴落。

立交桥飞离了冻僵的人，
孩子把自己吊在幸福的允诺上；

十二月的寒冷中
搓洗肮脏字词的女人
拧绞着一匹湿重的布——

鼠标拖来沉沉的死人，在你身上
是那么挤。

与恶搏斗

与恶搏斗，但别
贴近它——不要加深你的不自由
——远远地
凝视一双纯净的黑眼睛
握住一双热手——赤裸着
面对刀丛：带着你最警惕的花
和羽毛的轻盈——是你绝对的反抗。

你的金色小铲子
你绿色的好像和仿佛

我生如草芥

我生如草芥,并心安理得于此。
并坚持于此,当光芒在我身后
将影子巨大地投于墙上。

我生如草芥。请勿靠近我
当你们用无限赞美
加害于我。我生如草芥——
渺小。脆弱。有着从不沾染血腥味的
淡漠。

无　　题

圣徒不会跟任何人上床。

他脱下这具肉体
赤裸着，颤抖着
扑向他的上帝——

哦，他穿戴整齐，
坐在椅子中
正陷入一动不动的恍惚。

偏　爱

铁匠最钟爱的是一块烧红的铁。
我知道你偏爱的是我。

砧子告诉过你我的柔弱了吗?

——举起你的铁锤吧——

诗　　人

你在灯前写诗，夜是你扩展的影子。

你思索
像一盏灯招来四野飞舞的昆虫。

豆娘，红缘灯蛾，金龟子
在灯罩上撞得丁丁直响。

白昼，你是一棵为赤蛱蝶所深爱的苎麻
被它那大自然所诞生的热情吃掉；

夜晚，你是一只扑向光明的翅膀闪闪的青蛉
为恐怖而猛烈的火舌所吞噬。

颂　歌

爱情是一阵风，你是一株
叶子闪闪的白杨树。
树林们肃穆地站在夏天的屋顶
房屋则走向池塘，在水的深处
是被风吹散的满天星星。

你的眼睛看见我。
而太阳是你的影子的颂歌。

进入腊月的夜晚

进入腊月的夜晚,北斗七星在头顶的位置
明亮而颤抖。似乎风掀开了它们的帽檐
只有到了夜半,北京的阴霾悄悄溜走
它们可以安静地悬在燕山的峰峦上,或者照进
一扇亮着灯的窗口。她想——这些伟大的光亮
如此弱小,仿佛是一滴未掉下来的泪,一个赤裸的
胸口,才能配得上它们的照耀。

赞　美

掉在地上的花儿
对铁剪致谢——我并未恳求上帝
而你替他作了回答——

愿你刀刃上烫出的水泡
能像我断了的茎秆
突然冒出旺盛的汁液
并以它赞美着生命而非虚无。

后　　来

后来，你的脖子能够抬起，远远看到山坡上
羊蹄甲花在开放。没有谁能够统治
那些野蛮的草木。再后来，你在
被火烧卷的书页里听到了
回荡在田野的孩子们的笑声……

是的——现在就是后来：
你读着秋空的雁阵
那一行行高远的诗句；在铁丝网的背后
你的呼吸高歌着自由——

诙 谐 曲

所有我听到的，都属于我——弹奏吧
这是大调音乐。

所有我看到的，都在眼睑的打麦场
集合——被风的判断吹去空壳。

所有我渴望的——天啊——
统统支着它们惊恐的长腿
警觉着
准备随时四下逃窜。

于是，我写下

蔷薇，野豌豆，刺柏
还有半人高的冬青，以及蝴蝶兰和月季。

独自在幽暗的房间待了三天
门口的阳光多么刺眼——

可以再数一遍：

蔷薇，野豌豆，刺柏
半人高的冬青，以及蝴蝶兰和月季。

那在毁灭中诞生我的
——我怎么能停止爱你？

无　题

——嘘，别说话
回答便是要求。

梧桐叶不必回答风。
槐花也不必回答甲虫——

呵，我的四周一片喧嚣
你们从不管这些：

你们盛开。你们凋零。

雪,雪

你的双手在厚厚的雪中挖出了血,
为了染红生活的玫瑰色乳头。

你靠过的肩膀,留下一行闪亮的诗;
作为对黑暗的反抗,只有
无法理解的时间在停止时,
才能理解你的牙齿。

现在,你用柔软的嘴唇
唱起一支由幸福私生下的悲伤的歌。

我　是　谁

我不是一个，
不是半个。

我是你，
或者他。

我是两条线交叉的
那个点

至少。

失　　眠

睡不着。
字可以做梦
用你晦暗的眼睛。

句子是人群的愤怒叫嚷。
句号却是一个寡妇。

你无泪。无声。

在火里抱紧字词那冒烟的劈柴。

在一些词的粉身碎骨里

在一些词的粉身碎骨里
你站起来。

一道宽大的伤口。

从中你用五种方式丈量四季的尺寸
生出你的肝肠
并对尚且意义不明的战栗贴紧你的嘴唇。

这一吻
是你全部的爱。

巨　　变

多么艰难——
有时候却仅仅是那一点点语调
千分之一秒的停顿
或者
一个标点符号——

冬日夜空

我读了你几乎所有的诗句,但
你是谁?

在这黑屏幕的深处似乎闪耀着
可能的星星,但
你是谁?

那些星星掉落下来
从你握着诗句的手中……

为　　了

有人为某个概念而生活
我为了一颗
　　有虫洞的苹果

为了早晨拎着垃圾袋出门
为了哭完了还能笑
为了残缺、为了一棵树
　　在其所是的意义上
是一棵树——

为了赤裸裸地站立在
完美那嵌着钢钉的膝盖中！

我的爱是一棵树

我的爱是一棵树，是
一动不动的
旅行者。

当它在岁月里
继续奔走
祝福它笔直，高大
幸福地忍受
烈日和暴雨，以及
必然的刀斧。

我在此地不会停留太久

我在此地不会停留太久——
灌木不知道，乔木知道
露水不知道，溪水知道；

你的记忆不知道
但你的遗忘知道。

无 题

你光着身子回到那些你一直在的地方。

一棵核桃树。一朵低飞的茼麻花。
一枝浓烟滚滚的玫瑰。
你在早年的它们前面。现在
你在它们的后面,赤裸着——为了找到
跌进荆棘丛里中的两片嘴唇

为了——让它们说出你。

对　　称

我的面孔会有你脸的镜子。
我的手掌会有你的手指。
我的上唇紧挨你的下唇。

你的窗户有一扇我可以合上它们。

我作为我爱着作为你的你。

没有比这更神奇的事情：
——世界为美造出两只眼睛。

给　你

“把他们写进永恒……”
——我可不想这么爱你。

我盯着你,抓住你的手
像一头活的野兽。

习　　惯

为什么要想你？不。

为什么要踩着自己的影子
当光芒在你身后？

在餐桌旁坐下吃饭
喝水。微笑和失眠。

我躺着看书，
睁着眼做梦。
我感觉不到自己的呼吸。
走路时感觉不到自己的腿。

而你是我的习惯。

雨后的夜空

我数着天上的星星：
一个、两个、三个……

每一次我都数错。

我不知道它们到底是单数还是双数，
星星呀星星；

我的算术没有用。
我的语文也没有用。

让我呼吸吧，还有谁？——
你用自己的不存在把我变成了幽灵。

短　诗

爱人啊,我是你幽暗夜色里更幽暗的星星。
我是你各种想法穿起的外衣。
我是你的傀儡,当我愿意这么想的时候
我就是幸福本身。

你爱的……

你爱的你已认识。你不爱陌生的。
你爱的如果有曾经
便是不爱。
(想起那年九月,年轻的你们)

事实上你已死去。
(你们在一起睡觉)
守着对人的爱。

而此刻它什么都不说。就像爱。

我们对温柔的渴求

我们对温柔的渴求
我们被它粗鲁地统治。

多么猛烈的嘶喊和卡在喉头的窒息
在祈求我们的屈服。

幸福只在这般的顺从里
推开门,走出来。

过 海 关

电子秤红灯闪烁。
探测仪发出尖叫。

海关的警察疑惑于眼前
一切都正常地报警。

这个憔悴的女人拖着
那比全部行李更加沉重的携带

正是它们——那些藏在她胸膛里的危险品。

最　　终

最终，你接受了一切之中你最抗拒的
并心怀感激。

而你不知道自己是如何做到的。

在说起别人之前

在说起别人之前，先面对自己。
在自己的监狱，你的苦役远远没有到期。

锁链敲打你的碗，这很好。
石头床冰冷，这很好。

肮脏的伤口还会复发，招来苍蝇。
自由的狱卒的脸偶尔在窗口一闪——

没有比这更好的。

我的女儿们

我的女儿们今年十三岁。

这是一句诗。

加上怀孕的日子,我已经回到了童年。

这样的计算方式适用于那些脸被烧伤的人
在火里他们再也不会变成凤凰。

他们就是一堆柴火
顽强生下噼啪的火星。

或 许

或许，应该在荒地种一垄豆角，几棵苹果树
有一些晒黑的手把它们点亮；

应该有满嘴的沙子硌碎牙齿
就在那个时刻你认出生下歌声的喉咙；

祈求这样的光荣——
被所有折磨过你的东西说出。

为此，你可以继续你土里的深刨
在那充满着谎言鹅卵石的国度。

在大师的客厅里

学术里没有血渍。平静里
也没有。

深秋的菊花光着身子
在寒风里瑟瑟发抖。

从什么时候起,你不再
热爱那些聪明的著述,字典里的
伟大智慧?

你的头发越来越像枯萎的花瓣
在寒风中瑟瑟发抖!

生活判决

你揍了孩子，因为她在厕所看书
你吃饭，还算丰盛
你不许她多说话，这是讨厌的毛病
半个小时后你忍住没有再次发作
原因是她磨蹭着不想第一个洗漱

最后，你在电脑前坐下
一边读扎加耶夫斯基的《生活判决》
一边为暴政下的愤怒
构思新的诗篇

震　　惊

仇恨是酸的，腐蚀自己的独腿
恶是地狱，装着恶的身躯。

眼珠在黑白中转动
犹如人在善恶里运行：

——我用它看见枝头的白霜
美在低处慢慢结冰

居然。

大音乐厅花园

这些黑色的花在夜间开放。

这些聚集到大音乐厅花园的外来者
带着会唱歌的喉咙,被风和海浪
被流浪的命运所追赶——

诗人们,你们手里的纸页
一直在颤抖吗?

亲爱的伊亚

火山，大海。
壮丽的日出日落。

这些有力的事物
就是美的存在——

为了让我幸福地变成
美而无力的人。

俄底修斯

我叫无人。他说。
随后便杳无踪迹。

巨人们找不到他。
愤怒的死神也找不到他。

他不在深深的岩洞里，
也不在高大的头羊的肚子下。

沿着语言秘密的小路，
他——胜利地逃遁了。

你要求完全的爱

你要求完全的爱，完全的纯洁。

你命令紫地丁在三月开放；
所有的河流滚滚向海；

你要求心无旁骛。
你要求绝对的忠诚，
就像——哦，可怕的——上帝——

不合时宜

常识是：石头不能飞翔。
我系紧扣子。

在我怀里它被暖得是那么热！

唱给死亡的歌

你是带茎的花蕾。你是我的椅子
教会我等待灰尘。

或者,你什么都不是
像回忆在山坡的雾里
倾向于消逝、隐匿
而我将一直独身,作为你的
寡妇——风流、守贞
在时间之外——为了
让你欢喜。

应该对每一次的日出表示惊奇

鸟儿在你枕边做窝。那黎明的王子
用吻唤醒你,用小腹下紧张的闪电
使你在凝视中将他变成松枝间的露

滴进你的眼中。

一棵小橄榄和酢浆草花的早晨
只有蓝色的一次。

动机的黑暗

一棵菠菜从土里长出来时
它的碧绿不会想到进入人的肠胃。

一朵二月兰的开放也不会为了
把它戴在鬓角的姑娘的感谢。

善良不会想到跳到秤盘上去
找到不差分毫的价格——甚至比
人们认为的更多。

我如此恶意地想到了世间有那么多
善良的动机。为此我自认是个坏人。

低 诉

蟋蟀在我的窗下用歌声织着
不是一张网,而是一个洞——

把一个人慢慢装进去
用你那凄凉、温暖
空空地抱紧。

夙　愿

愿我是那个八岁的女孩儿，
愿我用刚从地下冒出的清水的眼睛看你。

愿清晨的雾气在柿子树上凝成露珠，
密密的绿麻地里有草虫嘤嘤飞过。

愿担柴人放下柴捆，擦了汗继续往村子里走。
愿你能看到我褪下花裤衩后小雨的哗哗声。

愿杨树苗圃继续做它寂静的梦，
愿我这首小诗无邪地躺在泥土的芬芳中。

如果我消失

如果我消失，那空洞就造成
一个更大的我。

虚无占领我。
唯有此，在绝对的虚无里
世界涌入，在
一个逐渐扩大的空洞中。

蟋蟀的歌

一天比一天冷了。

草丛里
蟋蟀的歌断断续续
像哽噎，变得
老硬，短促
为自己小小的身体
锯着最后一根
临死前的
木头。

你当然可以说

你当然可以说:“人没什么可自大的。对于蛇来说
到处都是路。鸟飞在空中需要路吗?
还有鱼,在大海里。”你望着楼后面的村庄
黄豆地里升起的淡淡的雾霭,蓝色的——如此清澈
瓜园,菜地,人们在土里刨出滚圆的红薯
灼热的太阳点燃了玉米的红缨子,并在蒿草上
催生浓烈的香气——你抓住笔,说着,写着
攀缘到这座城市的楼顶,并在天空的深处
找到一张稿纸——能放进这一切的——正是这个样子。